YSGO

YSGOL LOL

Nicholas Daniels
Lluniau gan Clive Wakfer

DREF WEN

I Mam, gyda diolch am dy gefnogaeth, dy
anogaeth a'th gariad di-amod

Hwyl Haf?

Eisteddai Ann yn llonydd fel delw ar ymyl ei gwely. Syllai ar smotyn bach ar garped ei hystafell. Roedd hi'n teimlo'n sâl. Daeth llais diamynedd ei mam o waelod y grisiau.

"Brysia, Ann! Byddi di'n hwyr ar dy ddiwrnod cyntaf!"

Dyma'r trydydd tro i'w mam ei galw. Teimlai Ann yn fwy sâl fyth bob tro y deuai ei mam i waelod y grisiau. Llyncodd yn galed ar y chŵyd oedd yn codi yn ei llwnc, er mwyn ei hateb.

"Mami … dwi ddim eisiau mynd! Rwy'n teimlo'n dost … yn dost ofnadwy!"

Roedd sŵn traed ei mam fel taranau wrth iddi ddringo'r grisiau. Ymddangosodd yn nrws yr ystafell wely a'i hwyneb yn llawn tosturi.

"Dere, Ann fach," meddai, "bydd popeth yn iawn. Rwy'n deall dy fod yn nerfus ynglŷn â mynd i'r Ysgol Haf, ond fe fyddi di wrth dy fodd yno, rwy'n addo."

Gwenodd ei mam arni'n gysurus, ond doedd Ann ddim yn credu'r un gair.

"Rwy *yn* dost, Mami! *Wir*!" cwynodd Ann yn druenus. Fel arfer, buasai ei mam yn ildio ac yn

7

fodlon iddi aros gartref ond, heddiw, roedd hi'n dechrau edrych yn grac.

"Gad dy ddwli nawr!" Roedd ei llais yn fwy pendant y tro hwn – yn llym, bron iawn. "Siapia hi mewn i'r car 'na'n glou, cyn i mi alw dy dad 'nôl o'r gwaith i roi trefn arnat ti!"

Trodd ei mam a mynd allan o'r ystafell.

Llusgodd Ann ei thraed i lawr y grisiau ac allan o'r tŷ. Roedd hi wir yn teimlo'n dost. Roedd tri mis ers iddi fod yn yr ysgol. Bu'n dost iawn am wythnosau, yn dioddef o dwymyn; nawr roedd ei mam wedi mynnu ei bod yn mynd i'r Ysgol Haf er mwyn ceisio dala lan â'r holl waith roedd hi wedi'i golli, cyn iddi ddechrau'n ôl yn ei hysgol ei hun ym mis Medi.

Dringodd Ann i mewn i'r car yn lletchwith ac eistedd yn fud yn y cefn. Doedd hi ddim yn daith hir iawn, ond cafodd Ann ddigon o gyfle i feddwl am yr hunllefau oedd yn siŵr o fod yn aros amdani yn yr Ysgol Haf – y syllu, yr holi, y bwlio. Teimlai fel petai ar fin llewygu wrth i'r car bach agosáu at gât yr ysgol.

Anwybyddodd Ann ei mam wrth ddringo o'r car. Clepiodd y drws a dechrau dilyn y llwybr at brif fynedfa'r ysgol.

9

Safodd i edrych ar yr adeilad. Roedd e'n amlwg yn hen ofnadwy, wedi'i godi o gerrig llwyd. Roedd yna dri thŵr – un ym mhob pen, ac un yng nghanol yr adeilad – gyda llawer o ffenestri o bob maint a siâp ar hyd ei waliau uchel.

"Am le hyll!" meddyliodd hi.

Wrth iddi nesáu, gwelodd arwydd wrth ochr drysau dwbwl y fynedfa. Gallai Ann ddarllen yn dda iawn ac roedd hi wedi cip-ddarllen yr arwydd mewn chwinciad. Gwgodd mewn ychydig o ddryswch, a phenderfynodd ei ddarllen unwaith eto er mwyn gwneud yn siŵr nad oedd hi wedi camddarllen.

Ysgol Lol
"Dysgu Gorau, Dysgu Dwli"
Prifathro: Mr M. Maldod

Doedd hi ddim wedi camddarllen yr arwydd o gwbl – enw'r ysgol oedd Ysgol Lol, arwyddair yr ysgol oedd "Dysgu Gorau, Dysgu Dwli" ac, ie wir, enw'r prifathro oedd Mr Maldod!

Yn sydyn, roedd Ann ar bigau'r drain eisiau gwybod mwy am ei hysgol newydd.

Gwthiodd ei chorff main trwy'r drysau mawr, trwm a daeth i mewn i ganol neuadd fawr wedi'i gwneud o farmor. O'i hamgylch, codai sawl piler anferth i'r to uchel siâp pyramid. Roedd to gwydr amryliw i'r neuadd, a medrai Ann weld cysgodion cymylau'n hofran yn yr awyr.

Doedd dim sŵn o gwbl yn y neuadd, ac roedd y coridorau a arweiniai oddi yno i weddill yr ysgol yn hollol dawel hefyd. Dechreuodd Ann

gerdded i gyfeiriad y drws agosaf ati, ond wrth iddi nesáu, clywodd gyfres o synau cras, hyll ond, eto i gyd, synau braidd yn ddoniol! Roedd y synau'n esgyn ac yn disgyn yn afreolus gan orffen ar nodyn uchel a main, yn debyg i wich llygoden. Dechreuodd Ann chwerthin – roedd hi'n siŵr taw sŵn rhywun yn torri gwynt oedd e!

Wrth iddi geisio rheoli'i chwerthin, agorodd y drws o'i blaen. Yno, safai dyn byr a chrwn; yn wir, roedd e'n fyrrach nag Ann hyd yn oed! Wrth syllu arno, sylweddolodd Ann ei fod yn grwn fel pêl – roedd e bron yn sffêr berffaith!

"Wel-i-wel-wel-wel-wel!"

Taranodd y geiriau o amgylch y neuadd, gan atseinio'n ôl ac ymlaen oddi ar y waliau a'r to nes bod sŵn cant o leisiau'n dweud y geiriau. Syllodd Ann arno.

"Bore da-di-da!" ebychodd y dyn crwn, gan edrych yn ddwys ar Ann. Roedd ei lygaid mor fach nes gwneud i Ann feddwl ei fod yn debyg i wahadden; ond roedd yn anodd gweld ei wyneb i gyd am fod ei ben wedi'i orchuddio â phentwr o wallt gwyllt, gwyn, a'i ên a'i fochau ar goll o dan farf a mwstás o'r un lliw a chyflwr â'i wallt.

"Ym … bore da," atebodd Ann yn ansicr.

"Hymff ..." ychwanegodd y dyn crwn yn isel. "Disgybl newydd-e-wydd?"

Edrychodd Ann arno mewn syndod. Dyma lle roedd dyn digon rhyfedd ei olwg, yn siarad â hi fel petai e'n bum mlwydd oed. Ni wyddai Ann sut i ymateb, felly ysgydwodd ei phen yn araf.

"Hyfryd-i-dw-da!" ebychodd y dyn yn llon, gan daflu'i freichiau i'r awyr yn gyffrous.

"Ann ydw i ... Ai chi yw Mr Maldod, y prifathro?" gofynnodd Ann yn betrusgar, am ei bod hi'n meddwl ei fod yn edrych yn debycach i Siôn Corn nag i brifathro ysgol, hyd yn oed

ysgol debyg i Ysgol Lol.

"Ha-hi-ho-hi-ha! Prifathro-di-ha! Na-ni-na! Mr Hwyl, yr athro chwerthin, ydw i-di-hi-di-ha! Mr Maldod, wir! Ho-di-ha-di-ho! Mae'n *annhebygol* y gweli di Mr Maldod trwy'r haf. *Ann* -hebygol! Ha-di-ha!"

Parhaodd Mr Hwyl i chwerthin iddo'i hun dros yr awgrym mai ef oedd y prifathro, a chwerthin ar ei jôc am enw Ann ac, yn fuan, gwelodd Ann yr elfen ddoniol hefyd. Ni fyddai creadur mor ddwl â hwn yn brifathro, meddyliai, a dechreuodd hi chwerthin yn uwch.

Wrth i un ohonyn nhw chwerthin, chwarddai'r llall yn uwch, nes yn y diwedd roedd y ddau yn rowlio chwerthin yn y neuadd grand. Ymhen hir a hwyr, peidiodd Ann â chwerthin, a chododd ar ei heistedd i wylio Mr Hwyl. Roedd e yn ei ddyblau nawr.

Syllai Ann arno gan wenu. Roedd hi'n ei hoffi'n fawr. Diolch i Mr Hwyl, roedd ei nerfau i gyd wedi diflannu. Sylwodd Mr Hwyl arni'n syllu arno ac fe beidiodd ei chwerthin yn sydyn. Dechreuodd Mr Hwyl gochi rhywfaint.

"Iawn, iawn-i-ha-di-iawn," meddai, yn llai brwdfrydig nag o'r blaen.

"Felly. Ann … Ann-ni-ha-di-ho." Meddyliodd am eiliad. "Dy enw yw Ann Ifrifol!" Edrychodd arni â'i lygaid bach hapus, a gwên yn lledu o glust i glust. Tro Ann oedd hi i gochi nawr.

"Nage, syr … Ann Griffiths," meddai Ann yn swil.

"Ha-di-ha-ha!" chwarddodd Mr Hwyl ar ben ei swildod. "Mae'n well gen i Ann Ifrifol – dyna fydd dy enw di yn yr ysgol, dwi'n meddwl! Ha-ha-ha!"

Syllodd Ann arno eto, ond teimlai ar goll yn llwyr erbyn hyn. Roedd Mr Hwyl fel petai wedi synhwyro ei meddyliau.

"Paid â becso! Daw popeth yn gliriach! Ha-ha! Dere i ni fynd â ti i dy ddosbarth – mae'r haf wedi dechrau a'r hwyl heb gyrraedd ei anterth eto! Ha-ha! Dere!" A dechreuodd Mr Hwyl gerdded yn sionc i lawr y coridor gan siarad yn dawel ag ef ei hun o dan ei farf flêr.

Ann Ifrifol a Miss Trwbwl!

Arweiniodd Mr Hwyl hi i lawr un o'r coridorau hir. Gwelai Ann ddrysau amrywiol bob ochr iddi, pob un yn wahanol i'r llall: un yn uchel a chul, un arall yn fyr a llydan, ambell un yn grwn fel ffenestr llong, ac un neu ddau heb fod yn unrhyw siâp pendant o gwbl!

Arhosodd Mr Hwyl o flaen un o'r drysau cul. Cnociodd ar y drws dair gwaith cyn rhoi ei law ar y ddolen i'w agor. Wrth i'w law gyffwrdd â'r ddolen, clywodd Ann sŵn trydanol yn hollti'r awyr a neidiodd Mr Hwyl hanner metr i'r awyr. Plygodd Ann ymlaen i weld a oedd Mr Hwyl yn iawn. Eisteddai Mr Hwyl ar ei ben-ôl ar y llawr ... yn chwerthin fel ffŵl!

"Sioc drydanol! Ha-di-ha! Go dda!"

Edrychai Ann arno'n bryderus, yn ofni ei fod wedi cael dolur, gan fod ei wallt yn sefyll yn stond ar ei ben!

"Paid â becso, Ann, ha-ha! Jôc fach, dyna i gyd! Dosbarth Miss Trwbwl, yr athrawes triciau, yw hwn. Hi fydd dy athrawes gofrestru di yma!"

Dechreuodd Ann bryderu, gan feddwl fod

Miss Trwbwl yn fenyw gas. Wrth iddi ddechrau ystyried rhedeg nerth ei thraed allan o'r ysgol i ddianc rhag triciau Miss Trwbwl, daeth llais tebyg i sibrydiad neidr o ochr arall y drws.

"Dewwwch i mewwwn, mae'rrrrr trrrrydan wwwwedi'i ddifffffffodddddd."

Agorodd Mr Hwyl y drws, ond ni fedrai Ann weld i mewn am fod Mr Hwyl yn lletach na'r drws ac yn cuddio'r olygfa. Ceisiodd Mr Hwyl wthio trwy'r drws cul, ond waeth i ba ffordd roedd e'n troi, roedd yn rhy dew.

Clywodd Ann sŵn plant yn dechrau chwerthin, ambell gigl araf i ddechrau ac yna ton fawr o chwerthin gwawdlyd a chreulon.

"Maaae'n aaamlwg dywww'r ddeiiiet ddim yn gwwweithththio, Mr Hwwwyl!" Synhwyrai Ann taw llais Miss Trwbwl a glywai hi nawr.

Chwarddodd Mr Hwyl yn ysgafn, "Un arall o'ch triciau chi eto, Miss Trwbwl? Doedd y drws yma ddim yn arfer bod mor gul â hyn!"

Dechreuodd y plant chwerthin yn uwch a theimlai Ann drueni dros Mr Hwyl; erbyn hyn, roedd yn amlwg ei fod e'n teimlo'n annifyr iawn.

"Dim ots!" meddai Mr Hwyl wedi iddo

ymdawelu, "fe af i'n ôl i'r swyddfa. Ond cyn i mi fynd, dyma Ann, disgybl newydd, fydd yn ymuno â'r dosbarth. Ann, dyma Miss Trwbwl." Gyda hyn, aeth Mr Hwyl o'r ystafell.

Trodd llygaid Ann yn nerfus i edrych i mewn i'r ystafell. Roedd llu o lygaid yn syllu'n ôl arni, llygaid oer a dieithr. Ar ôl iddi gymryd cipolwg swil drostynt, edrychodd at flaen y dosbarth lle safai Miss Trwbwl yn unionsyth fel styllen.

Roedd Ann wedi disgwyl gweld athrawes ifanc a bywiog, ond roedd Miss Trwbwl yn fenyw ganol-oed, ei gwallt wedi britho ar yr ochrau ac wedi'i osod mewn steil 'bynnen'. Roedd hi'n dal ac yn denau, gyda choesau a breichiau hir a dwylo a thraed enfawr. Roedd ei thrwyn yn fain ac yn fachog a'i llygaid cul mor las ac oeraidd nes gwneud i Ann feddwl y gallai hi rewi person pe bai hi'n syllu arno'n ddigon hir.

Wedi i Ann orffen astudio ymddangosiad Miss Trwbwl, sylwodd fod Miss Trwbwl hefyd wedi bod yn ei hastudio hi.

"Helô," meddai Ann yn ansicr.

Edrychodd Miss Trwbwl arni heb wenu. Yn

19

barod, teimlai Ann nad oedd Miss Trwbwl yn ei hoffi hi rhyw lawer. Cerddodd hi'n araf tuag at Ann.

"Diolch, Mr Hwyl. Tyrrrd i mewn, Ann."

Cerddodd Ann i mewn yn ofnus. Syllai pob un plentyn arni a rhai ohonyn nhw'n sibrwd ymysg ei gilydd.

"Ma 'na sssedd sssbâr yn y blaen fan hyn; eissstedda fan yna am nawr." Caeodd Miss Trwbwl ddrws y dosbarth a cherdded yn araf yn ôl i'r blaen.

"Awn ni 'mlaen â'r gofressstr … ble o'n iii? O, iiie; Sssami Sssslej?"

Daeth llais o gefn y dosbarth. "Yma, Miss Trwbwl."

"Dafydd Dychrynllyd?"

"Yma, Miss Trwbwl." Daeth y llais i'r dde o Ann.

"Gwyn Bin?"

Dim ateb y tro hwn. Trodd Ann ei phen yn araf i weld a allai hi weld y bachgen anffodus â'r fath enw creulon.

"Gwyn Bin?" gofynnodd Miss Trwbwl eto.

"Mae e'n dost," atebodd llais bach o'r tu ôl i Ann.

"Mae e o hyyyd yn dossst!" ebychodd Miss Trwbwl cyn ochneidio ac edrych yn ôl ar y gofrestr.

"Talwla Tlws?"

"Yma, Miss Trwbwl."

Y ferch yn eistedd nesaf at Ann atebodd y tro hwn, a meddyliodd Ann mor ffodus oedd hi i gael enw mor bert.

"Ac yn olaf, Ann Ifrifol?"

Clywodd Ann yr enw, ond ni sylweddolodd yn syth taw arni hi yr oedd Miss Trwbwl yn galw.

"Rrrwy'n gwybod dy fod ti yma, Ann; wyt ti'n mynd i ateb?"

Doedd Ann ddim yn or-hoff o'i henw newydd, ond meddyliai y byddai'n well iddi ateb rhag ofn iddi wylltio Miss Trwbwl.

"Yma, Miss Trwbwl," atebodd Ann mewn llais crynedig.

"Iaaawn, i ffwrdd â chiii i'ch gwersssi,"

gorchmynnodd Miss Trwbwl, a chododd y dosbarth gyda'i gilydd cyn anelu am y drws.

"Dilyn fi!" meddai Talwla, y ferch oedd wrth ochr Ann.

Cododd Ann yn gyflym a cherdded wrth ymyl Talwla.

"Paid â chyffwrdd â'r ddolen; rhaid tynnu'r drws wrth y cortyn yn ei ganol, dyw hwnnw ddim yn dargludo trydan."

Roedd Ann yn ddiolchgar o gael cyngor Talwla, yn enwedig o gofio'r hyn a ddigwyddodd i Mr Hwyl rhyw chwarter awr ynghynt.

Yr eiliad nesaf roedden nhw yn y coridor ac yn cerdded yn gyflym i berfedd tywyll yr hen ysgol ryfedd.

Huw Jiw Jiw

Roedd y rhan fwyaf o athrawon Ysgol Lol yn ddigon hoffus. Roedd Mrs Hwch, yr athrawes hecial, yn ffein iawn, ac roedd hi bob amser yn fodlon helpu trwy roi gwersi hecial ychwanegol! Roedd Miss Twrw, yr athrawes gweiddi, yn garedig iawn, er fod ganddi arfer cas o weiddi'n sydyn pan oeddech chi'n breuddwydio, gan godi braw arnoch chi! Ac roedd Mr Jib, yr athro gwgu, yn gwneud i Ann chwerthin nerth ei phen bob tro y gwelai hi ef, am fod ystum doniol ar ei wyneb o hyd … hyd yn oed yn y gwasanaeth! Er taw dim ond tridiau oedd wedi mynd heibio ers i Ann gyrraedd Ysgol Lol, roedd hi'n cael amser gwych yn barod!

Yn ystod y tridiau yna, daeth hi a Talwla Tlws yn ffrindiau da; dangosodd Talwla i Ann sut i chwarae jôc dda ar Mr Hwyl trwy ei ffonio o swyddfa'r ysgol a gofyn am "Non Tocsic" cyn brysio i ddodi'r ffôn i lawr eto!

Roedd Ann yn hapus iawn ei byd, ac roedd hyd yn oed ei mam wedi sylwi ar y newid ynddi, gan ddweud un bore wrth iddynt fynd am ddrws y tŷ, "Doeddet ti erioed mor awyddus â hyn i gyrraedd dy hen ysgol!" Byddai Ann yn eistedd yng nghefn y car cyn i'w mam gau drws ffrynt y tŷ hyd yn oed.

"Mae'n rhaid bod yr ysgol yn un arbennig iawn gan dy fod ar gymaint o frys i gyrraedd yno!" ychwanegodd ei mam wrth ddringo i'r car. Ddywedodd Ann 'run gair. Eisteddai yn y car yn ysu am gael mynd i'r ysgol i weld Talwla a chael mwy o wersi dwl.

Bore dydd Iau oedd hi, ac roedd Ann yn edrych ar ei hamserlen wrth iddyn nhw gerdded i lawr y coridor ar ôl cofrestru.

9 o'r gloch y bore – Marchogaeth

"Marchogaeth?" ebychodd Ann.

"Paid â becso," meddai Talwla, "fe fyddi di'n iawn." Oedodd Talwla am funud cyn mynd ymlaen, "Mae Mr Penstiff, yr athro march-ogaeth, braidd yn … wel … benstiff!"

Dilynodd Ann Talwla a gweddill y

dosbarth allan trwy ddrws cefn yr ysgol i gyfeiriad y stablau.

Roedd y stablau, fel yr ysgol ei hun, yn hen iawn. Buan y sylwodd Ann nad oedd sôn am geffylau yn unman. Doedd dim pennau croesawgar â llygaid mawr yn hongian dros ddrysau byr y stablau, dim sŵn carnau awyddus yn curo'r llawr, na dim sŵn gweryru cyffrous yn atsain trwy'r buarth.

Yn sydyn, neidiodd pen bach ar wddf hir dros ymyl un o'r drysau byr.

"AAAAAAAAAAAAAA!" gwaeddodd Ann gan gydio yn ei brest a chamu'n ôl yn sydyn.

Trodd y dosbarth i syllu arni cyn chwerthin yn afreolus. Ni sylwodd Ann ar hyn gan ei bod hi'n dal i syllu ar ran uchaf y creadur oedd wedi ymddangos dros ddrws y stabl. Yng nghanol y chwerthin a'r gwawdio, ac o ganlyniad i sgrech Ann, dechreuodd pennau bach ar yddfau tenau godi dros ddrysau'r stablau eraill. Er nad oedd Ann yn bendant, am nad oedd hi wedi bod mewn sw ers blynyddoedd, roedd hi'n credu taw estrysiaid oedd yn syllu dros ddrysau stablau Ysgol Lol.

"Dyna ddigon!" Daeth llais dyn o rywle, ond

ni allai Ann weld unrhyw un.

"Y disgybl newydd, ie? Wedi dychryn? Ble mae hi?" Rhannodd y dorf o blant ac yno, ym mhen draw'r buarth, safai'r dyn byrraf a welodd Ann erioed. Roedd e hyd yn oed yn fyrrach na Mr Hwyl!

"Mr Penstiff?" mwmiodd Ann yn ansicr.

"Ie! A ti yw Ann Ifrifol, rwy'n cymryd?" atebodd Mr Penstiff yn gadarn.

Roedd Mr Penstiff yn fyr ofnadwy, yn fyrrach na'r plant i gyd, tua maint plentyn pump oed. Roedd e'n gyhyrog tu hwnt, gyda llond pen o wallt melyn trwchus. Roedd ei wyneb yn fach ac yn fain, a gwnaeth i Ann feddwl mai un o'r tylwyth teg oedd e. Erbyn hyn, roedd hi'n prysur ddysgu fod unrhyw beth yn bosib yn Ysgol Lol!

Nid atebodd Ann – roedd hi'n dal wedi'i rhewi gan syndod. Roedd hi wedi cael ei syfrdanu ar ôl gweld yr estrysiaid a'r olwg ryfedd oedd ar Mr Penstiff.

"Sdim llawer gyda ti i'w ddweud, oes e? Llai o weiddi, os gweli di'n dda – nid yn nosbarth Miss Twrw wyt ti nawr!" cyfarthodd Mr Penstiff yn falch. "Cofia, mae'n well gen i blant sy'n gwrando na rhai sy'n siarad!"

Trodd Mr Penstiff i ffwrdd oddi wrthi a dringo i ben blwch pren. Gwyddai Ann mai blwch i helpu plant i esgyn ar gefn ceffylau oedd hwn – ond gwyddai hefyd nad ceffylau oedden nhw'n mynd i'w marchogaeth heddiw!

"Nawr te!" ebychodd Mr Penstiff ar ôl iddo

ddringo'r blwch lle gallai'r dosbarth i gyd ei weld a'i glywed yn glir.

"Yr wythnos ddiwethaf, fe ddysgon ni sut i osod a thynnu ffrwynau a chyfrwyau'r estrysiaid, a sut i esgyn arnyn nhw a disgyn oddi ar eu cefnau." Edrychodd Mr Penstiff ar blant y dosbarth, yn amlwg yn chwilio am un plentyn yn arbennig. Arhosodd ei lygaid ar un bachgen bach tenau oedd yn gwisgo sbectol gydag un o'r gwydrau wedi'i hollti.

"Huw Jiw Jiw!" ebychodd Mr Penstiff a thinc creulon yn ei lais.

"Ie, Syr?" atebodd Huw Jiw Jiw, mewn llais main a chrynedig.

"Heddiw, rwyt ti'n mynd i gofio tynnu dy draed o'r warthol CYN i ti geisio disgyn oddi ar gefn yr estrys, on'd wyt ti?" holodd Mr Penstiff yn wawdlyd.

"Ydw, Syr," atebodd Huw Jiw Jiw, a'i ben yn plygu'n is ac yn is wrth i chwerthin y plant o'i amgylch godi'n uwch ac yn uwch.

"Dydyn ni ddim eisiau torri'r lens arall yn dy sbectol yr wythnos 'ma, ydyn ni?"

Nid atebodd Huw Jiw Jiw; cochodd at fôn ei glustiau a gwnâi ei orau glas i geisio peidio â denu mwy o sylw Mr Penstiff.

"Heddiw, farchogion ifainc, rydyn ni'n mynd i geisio trotian!" meddai Mr Penstiff yn ddifrifol.

Cododd sibrydion uchel ymhlith y plant; roedden nhw'n gyffrous, yn nerfus ac yn ofnus.

"Hisht!" poerodd Mr Penstiff. "Dim siarad, dim dwli, dim symudiadau sydyn ac – yn bwysicaf oll – dim tynnu ar ffrwynau'r estrysiaid! Os tynnwch chi ar eu ffrwynau, fe gewch chi gic; ac os cewch chi gic fe gewch chi ddolur … lot o ddolur! Reit – pawb i'w parau."

Dychrynodd Ann pan glywodd hyn – doedd dim partner ganddi hi gan mai hon oedd ei gwers gyntaf! Syllodd o'i hamgylch – roedd gan Talwla bartner yn barod. Suddodd ei chalon.

"Ann Ifrifol! Gei

di fynd gyda Huw Jiw Jiw, ac efallai y gelli di sicrhau na chaiff e ddamwain yr wythnos yma!" Wrth i Mr Penstiff siarad, fferrodd gwaed Ann. Doedd hi ddim eisiau bod yn greulon wrth Huw, ond doedd hi ddim eisiau cael ei chicio gan un o'r estrysiaid chwaith. Doedd Ann ddim yn credu mai Huw oedd y marchog estrys gorau yn y byd. Gwyddai eisoes fod Huw yn ddisgybl yn Ysgol Lol dros yr haf oherwydd iddo dreulio'r rhan fwyaf o'r flwyddyn yn yr ysbyty ar ôl cael sawl damwain yn yr ysgol.

Cerddodd Huw tuag ati; edrychai'n drafferthus ac yn lletchwith.

"Rwy'n flin," meddai wrthi. "Rwy'n siŵr dy fod yn siomedig o orfod bod yn bartner i mi."

Roedd llais Huw mor drist nes y teimlai Ann drueni drosto.

"Paid â bod yn ddwl, fe gawn ni amser da … cofia di, dydw i erioed wedi marchogaeth estrys o'r blaen, felly rwy'n dibynnu arnat ti!" Gwenodd Ann arno a daeth gwên i wyneb Huw hefyd wrth i'r ddau gerdded tuag at yr ystafell offer marchogaeth.

Pwdlyd

Arweiniodd Huw ei estrys ef ac Ann allan i'r buarth gerfydd ei ffrwyn. Roedd wedi llwyddo i ddodi'r ffrwyn arno heb ryw lawer o ffwdan, er fod y creadur wedi ei bigo sawl gwaith.

"Ann, dyma Pwdlyd; Pwdlyd, dyma Ann," meddai Huw yn eithaf hyderus.

Edrychodd Ann ar yr aderyn anferth. Roedd yn dal ofnadwy, gyda chorff mawr wedi'i orchuddio â phlu du trwchus a phrydferth. Roedd ei goesau'n gyhyrog tu hwnt, a chofiodd Ann am rybudd Mr Penstiff ynglŷn â nerth cic estrys.

"Ydy e'n bwdlyd fel mae ei enw'n awgrymu?" holodd Ann, gan edrych ar goesau pwerus yr estrys.

"Mae'n dibynnu a yw e'n eich hoffi neu beidio. Rhoddodd gic cas i blentyn y llynedd ac mae'r bachgen hwnnw'n dal yn gloff." Doedd Huw ddim fel petai'n becso am hyn. "Ond rydw i a Pwdlyd yn deall ein gilydd yn iawn."

Edrychodd Ann ar Pwdlyd. Syllai Pwdlyd yn amheus arni, ei lygaid mawr du yn sbecian dros ei big arni.

"Dyw e ddim i weld yn ryw hoff iawn ohona

i," meddai Ann, gan edrych i ffwrdd i osgoi edrychiad craff Pwdlyd.

"O! Paid â becso am hynny, mae e'n trio dod i dy nabod di, dyna i gyd." Am y tro cyntaf, teimlai Ann rhyw gysur wrth glywed Huw yn siarad.

Roedd Talwla a'r plant eraill wedi esgyn ar gefn eu hestrysiaid nhw yn barod ac roedd eu partneriaid yn eu harwain mewn cylch o amgylch y buarth.

"Mae'n well i ti arwain yn gyntaf," meddai

Huw, "fel bod Pwdlyd yn cael dod i dy nabod di cyn i ti neidio ar ei gefn."

Rhoddodd Huw yr awenau i Ann cyn dringo'r bocs pren, rhoi ei droed yn y warthol a neidio ar gefn Pwdlyd.

Llamodd Pwdlyd ymlaen ychydig wrth i bwysau Huw lanio ar ei gefn.

"Dal e'n llonydd nes fy mod i'n gyfforddus!" gorchmynnodd Huw o'r cyfrwy.

Roedd Ann yn eithaf cyfarwydd â cheffylau, gan fod gan ei modryb ddau geffyl ar ei fferm, ond nid ceffyl oedd hwn – roedd yr estrys yn dalach ac yn fwy gwyllt o lawer.

"Woooo, Pwdlyd!" ebychodd Huw wrth i'r estrys ddechrau dawnsio yn ei unfan.

"Sisisisisi," sibrydodd Ann gan anwesu gwddf Pwdlyd. "Sisisisi," meddai hi eto.

"Da iawn!" dywedodd Huw. "Mae'n tawelu."

Ac yn wir, roedd Pwdlyd yn tawelu. Teimlai Ann yn ddigon hyderus i ddechrau arwain Pwdlyd o amgylch y buarth gyda'r gweddill. Dechreuodd hi gynhesu tuag at Pwdlyd; a dweud y gwir, teimlai ei fod e'n dechrau cynhesu tuag ati hithau hefyd.

Ymhen ychydig, aeth pawb am drot i fyny ac

i lawr y buarth. Roedd yn olygfa ddoniol ofnadwy am fod y marchogion yn siglo'n ôl ac ymlaen ac i'r dde ac i'r chwith wrth i'r estrysiaid drotian ar hyd y buarth.

"Newidiwch gyda'ch partneriaid!" gwaeddodd Mr Penstiff ar ôl rhyw ugain munud.

Dechreuodd gledrau dwylo Ann chwysu, a theimlai'n nerfus wrth i Huw a Pwdlyd nesáu tuag ati.

"Wn i ddim a fedra i wneud hyn," meddai Ann yn betrusgar wrth Huw.

"A tithe, Ann Ifrifol!" gwaeddodd Mr Penstiff o ben draw'r buarth. "Gawn ni weld faint wyt ti wedi'i ddysgu heddiw!"

Disgynnodd Huw oddi ar gefn Pwdlyd. Y tro hwn, cofiodd dynnu ei droed chwith o'r warthol a glaniodd yn ddiogel.

"Paid â becso, byddi di'n iawn. Edrychith Pwdlyd ar dy ôl di."

Doedd Ann ddim yn siŵr o hynny, ond roedd hi'n dechrau meddwl efallai nad oedd Pwdlyd mor bwdlyd ag yr edrychai i ddechrau.

Roedd yn deimlad rhyfedd bod ar gefn estrys. Roedd yn debyg i farchogaeth ceffyl, ond bod camau Pwdlyd lawer yn hirach na chamau

36

ceffyl. Roedd y cyfrwy lawer iawn yn llai na chyfrwy arferol; a dweud y gwir, roedd yn debycach i sedd beic nag i gyfrwy traddodiadol.

Ymhen pum munud, rhoddodd Huw yr awenau i Ann ac fe aeth hi am drot ar hyd y buarth hir. Teimlai'n ddigon cyfforddus ar gefn Pwdlyd, dim ond iddi ymestyn ymlaen gyda'i gamau a pheidio â thynnu ar yr awenau. Teimlai fel petai hi ar gefn un o geffylau ei modryb, ond roedd yn brofiad llawer llai herciog na marchogaeth ceffylau am fod traed Pwdlyd yn ysgafnach ar y llawr na charnau ceffyl.

"Da iawn, Ann," gwaeddodd Mr Penstiff oddi ar y blwch pren, "ond plyga ymlaen ychydig yn fwy!"

Wrth i Ann ddilyn cyfarwyddiadau'r athro, clywodd hi sŵn grwgnach isel yn yr awyr, sŵn fel taran yn y pellter.

"O! Na!" ebychodd Mr Penstiff.

Pan drodd Ann i edrych i gyfeiriad y sŵn, gwelodd dau siâp llwyd yn nesáu yn yr awyr. Am eiliad, doedd gan Ann ddim syniad beth allent fod, ond roedden nhw'n hedfan yn gyflym a sylweddolodd yn sydyn mai awyrennau oedden nhw.

Roedd yr awyrennau'n hedfan yn isel tu hwnt, ac wrth iddynt nesáu cododd sŵn y grwgnach yn un rhu anferthol. Dychrynodd yr estrysiaid, a throdd y trotian yn garlamu nes i'r adar enfawr ddechrau rhedeg yn wyllt i bob cyfeiriad!

"Cydiwch am eu gyddfau!!! Cydiwch am eu gyddfau!!!" gwaeddodd Mr Penstiff yn bryderus.

Erbyn hyn, roedd y buarth yn derfysg o estrysiaid yn rhedeg nerth eu traed a phlant yn sgrechian nerth eu pennau. Roedd adenydd yr estrysiaid yn cyhwfan fel baneri wrth iddyn nhw redeg a throi i bob cyfeiriad gan ruo a hisian yn ffyrnig. Roedd plu'n chwifio ym mhobman a phlant yn cwympo oddi ar gefnau'r estrysiaid gan lanio â chlep a gwaedd ar y llawr.

Diflannodd yr awyrennau dros y gorwel, ond roedd yr estrysiaid wedi cynhyrfu cymaint nes bod dim gobaith eu tawelu. Edrychai'r buarth fel cwt ieir wedi i lwynog fod ynddo – ond y gwahaniaeth mawr oedd fod yr adar yma'n dalach, yn drymach, ac yn gyflymach nag unrhyw iâr!

"Dewch o'r ffordd!!!" gwaeddodd Mr Penstiff ar y rhai oedd wedi cwympo oddi ar yr adar enfawr. "Dewch draw fan hyn!!"

Roedd Mr Penstiff a'r plant eraill wedi cilio i ddiogelwch un o'r stablau. Ceisiai'r plant ar y llawr godi i redeg tuag atynt, ond bob tro roedden nhw'n codi eu pennau, roedd haid o estrysiaid yn dod i'w cyfeiriad. Doedd dim dewis ond cwtshio mewn pêl fach eto rhag i draed yr estrysiaid eu sathru.

Roedd Ann yn dal i fod ar gefn Pwdlyd, yn cydio'n dynn am ei wddf tenau a chryf. Anwybyddodd hi yr holl ffwdan, a chanol-bwyntio'n galed ar beidio ymlacio'i breichiau. A hithau ar fin llewygu, tawelodd y terfysg yn sydyn ac ymgasglodd yr estrysiaid i gyd i gornel bellaf y buarth.

"Ydy pawb yn iawn? Oes rhywun wedi cael dolur?" Rhedai Mr Penstiff ymhlith y plant oedd ar y llawr i weld a oedd unrhyw un wedi'i anafu.

"Ann! Ann!" codai llais Huw uwchben y sŵn griddfan a chwyno poenus.

Cododd Ann ei phen o blu esmwyth Pwdlyd. Roedd hi'n dal ar ei gefn ac roedd Pwdlyd wedi dod i orffwys yng nghanol yr estrysiaid eraill. Roedd pob estrys arall wedi colli'i farchog. Edrychai Ann trwy'r goedwig o yddfau hir, tenau at ganol y buarth. Eisteddodd hi'n gadarn

yn y cyfrwy a rhoi cic ysgafn i glun Pwdlyd.
Ymwthiodd yr aderyn tal trwy ei ffrindiau yn
araf a chamu allan i'r buarth agored.

"Ann!" ebychodd Huw.

Trodd bawb i gyfeiriad yr estrysiaid. O ganol
y cyrff mawr pluog a'r gyddfau hir di-ri,
ymddangosodd Pwdlyd, ac Ann ar ei gefn, yn
eistedd yn unionsyth ac yn gwenu.

Roedd pob plentyn wedi codi erbyn hyn ac
wedi ymgasglu o amgylch Mr Penstiff.

"Ann? Wyt ti'n iawn?" gofynnodd Mr
Penstiff mewn syndod.

"Wrth gwrs!" atebodd Ann. "Gofalodd
Pwdlyd amdana i'n berffaith," ychwanegodd,
gan neidio oddi ar gefn ei ffrind pluog a rhoi
cwtsh mawr iddo.

Maelon Creulon

Roedd Ann yn dipyn o arwres am ddiwrnod neu ddau ar ôl terfysg yr estrysiaid am mai hi oedd yr unig un nad oedd wedi cwympo oddi ar ei hestrys.

"Mae pawb yn dweud taw ti gaiff dy ddewis i farchogaeth yn y ras estrysiaid ar ddiwrnod y dwligampau," meddai Huw wrth i Ann, Huw a Talwla gerdded i'w gwers siarad cudd.

"Dwligampau?" meddai Ann, gyda golwg ddryslyd ar ei hwyneb.

"Ie! Dwligampau! Nid *mabol*gampau, ond *dwli*gampau! Fersiwn Ysgol Lol o fabolgampau! Wir, Ann! Rwyt ti wedi bod yma am bythefnos nawr ac mae pethau'n dal i fod yn rhyfedd i ti!" Talwla oedd yn edrych yn syn y tro yma.

"Ti gaiff dy ddewis, rwy'n siŵr," ychwanegodd Huw eto, gan dorri ar draws y ddwy ferch.

"Fi!" ebychodd Ann. "O, na! Fedra i ddim!"

"Roeddet ti'n wych!" atebodd Talwla. "Mae pawb yn Llys Boncyrs yn dibynnu arnat ti!"

"Llys Boncyrs?" gofynnodd Ann yn ddryslyd.

"Ie! Mae 'na dri llys yn Ysgol Lol. Mae pawb yn aelod o un ohonyn nhw." Edrychodd Huw ar

Talwla ac yna'n ôl at Ann. "Mae ganddon ni Lys Rhialtwch, Llys Drygioni a Llys Boncyrs – a dyna dy lys di."

"Felly mae'r tri ohonon ni yn yr un llys?" holodd Ann gan ddechrau deall y drefn.

"Ydyn," atebodd Talwla'n sionc.

Cofiodd Ann bod llysoedd yn ei hysgol arferol hefyd, ond roedd ganddyn nhw enwau coed, fel Derwen, Bedwen a Celyn. Wrth gwrs, nawr ei bod hi yn Ysgol Lol, roedd enwau'r llysoedd yn sicr o fod braidd yn anarferol, a dweud y lleiaf.

Cyrhaeddodd y tri yn nosbarth Mr Senoj. (Mr Jones oedd ei enw go iawn, ond Mr Senoj roedden nhw'n ei alw am mai ef oedd yr athro siarad cudd, a dyna oedd siarad cudd, siarad tua 'nôl!)

"Erob ad!" meddai Mr Senoj yn sionc wrth i'r plant fynd at eu desgiau.

"Erob ad," atebodd y dosbarth heb lawer o frwdfrydedd.

Eisteddai Ann nesaf at Talwla. Roedd ei meddwl hi'n troelli fel chwyrligwgan. Meddyliai am y Dwligampau, am yr estrysiaid, am ei bywyd ers iddi ddod i Ysgol Lol. Roedd ei dychymyg yn rhedeg yn wyllt, ac roedd hi'n cael trafferth i ganolbwyntio. Syllai ar boster ar y wal o'i blaen heb wir ganolbwyntio ar hwnnw chwaith.

Ymhen ychydig, synhwyrodd Ann fod rhywun yn syllu arni. Llithrodd o'i breuddwyd a throi i wynebu'r llygaid craff. Gwelodd fachgen â gwallt seimllyd du a thrwyn mawr talpiog yn syllu'n ôl arni. Trodd Ann i ffwrdd am ei bod hi'n teimlo braidd yn anghyfforddus. Ond ar ôl ychydig amser, sylweddolodd fod y bachgen yn dal i'w gwylio, a throdd Ann yn ôl i edrych arno'n lletchwith. Edrychai'r bachgen yn grac.

"Noleam!" ebychodd Mr Senoj.

Trodd y bachgen hyll at Mr Senoj. Er nad oedd Ann yn deall beth oedd Mr Senoj yn ei ddweud, am ei fod yn siarad tua 'nôl yn gyflym iawn, gwyddai ei fod yn rhoi stŵr i'r bachgen.

"Pwy yw hwnna?" sibrydodd Ann wrth Talwla tra oedd Mr Senoj yn gweiddi ar y bachgen.

"Maelon yw e, Maelon Creulon. Bachgen cas yw e, Ann; rhaid i ti gadw draw oddi wrtho."

"Mae e wedi bod yn syllu'n gas arna i trwy'r wers," ychwanegodd Ann.

Edrychodd Talwla'n ofnus ar Ann. "Dyw Maelon ddim yn neis gyda neb, hyd yn oed gyda'r un neu ddau o ffrindiau sy ganddo. Fel mae ei enw'n awgrymu, mae'n berson creulon." Oedodd Talwla am eiliad cyn ychwanegu, "hefyd, fe yw marchog estrysiaid gorau Llys Drygionus. Mae'n rhaid ei fod wedi clywed dy fod ti'n farchoges dda."

Meddyliodd Ann am funud; doedd Maelon ddim yn berson hawddgar ar y gorau, roedd e hyd yn oed yn waeth gyda'i elynion … a hi, Ann, oedd ei elyn newydd.

"Geddwarb!" gorchmynnodd Mr Senoj yn llym wrth Maelon.

Edrychai Maelon yn ôl tuag at Ann. Doedd dim mymryn o ofn arno o gwbl; a dweud y gwir, roedd gwên fach slei yn dechrau lledu ar draws ei wyneb salw.

"Geddwarb! Rwan!" ebychodd Mr Senoj yn fwy llym.

Trodd Ann eiriau Mr Senoj tua 'nôl yn ei phen.

"Brawddeg … nawr," mwmiodd Ann. Roedd Mr Senoj eisiau brawddeg gan Maelon.

"Eam nna ny otnywg o waf ic," atebodd Maelon, gan edrych ar Ann wrth iddo siarad.

Dechreuodd y plant i gyd rowlio chwerthin. Pawb ond Ann, Talwla a Huw. Edrychodd Talwla ar Ann ac edrychodd Ann ar draws yr ystafell ar

44

Huw. Roedd y ddau'n syllu arni'n druenus.

"Dywedodd Maelon dy fod yn drewi o faw ci," sibrydodd Talwla wrth Ann mewn llais llawn cydymdeimlad.

"Do fe nawr?" Roedd Ann yn grac. Byth ers iddi ddod i Ysgol Lol, bu'n dawel iawn gan wneud ei gorau i beidio â chodi gwrychyn unrhyw un. Roedd yn ddigon gwael ei bod hi'n gorfod dioddef sylwadau pigog Miss Trwbwl, ond doedd hi ddim yn fodlon cael ei bwlio gan blentyn hyll fel Maelon Creulon, o nac oedd wir!

Cododd Ann ei llaw.

"Beth wyt ti'n ei wneud?" holodd Talwla'n ofnus.

Sylwodd Mr Senoj arni. "Nna, seo geddwarb adyg it?"

"Seo!" atebodd Ann yn hyderus wrth godi ar ei thraed.

Syllodd o amgylch y dosbarth. Gwelodd fod pob un plentyn yn edrych arni hi, a bod Maelon yn syllu arni'n fygythiol. Canolbwyntiodd Ann yn galed ac aeth yn ei blaen.

"Eam benyw Noleam ny gybed i lô-nep icnwm!" cyhoeddodd Ann yn falch cyn eistedd yn ei chadair.

Roedd y chwerthin yn fyddarol y tro hwn. Roedd hyd yn oed Mr Senoj yn trio'i orau i beidio chwerthin. Roedd y frawddeg yn ddoniol am ei bod yn wir: mi *oedd* wyneb Maelon yn debyg i ben-ôl mwnci!

Syllai Maelon i gyfeiriad Ann â'i lygaid bach tanbaid; roedd ei wyneb hyll yn goch fel betysen a'i geg fel ceg ci gwyllt yn grwgnach! Anwybyddodd Ann ef, ond erbyn diwedd y wers roedd Ann, Talwla a Huw yn gwybod nad dyma oedd diwedd y gân rhyngddyn nhw a Maelon.

Llys Boncyrs!

Roedd y dyddiau ers y wers siarad cudd wedi bod yn hunllefus. Er bod y rhan fwyaf o ddisgyblion Ysgol Lol wedi bod yn llongyfarch Ann a'i chanmol am dalu'r pwyth yn ôl i Maelon, roedd Maelon a'i ddau ffrind, Dec Cnec a Dewi Drewi, wedi bod yn cynllunio i ddial ar Ann. Roedden nhw wedi trio'i bychanu hi, neu ei beio hi am bob un peth drwg a wnaethon nhw ym mhob gwers.

Rhyw wythnos ar ôl y wers siarad cudd, eisteddai Ann, Talwla a Huw yn y ffreutur yn bwyta'u brechdanau. Roedd Ann a Talwla wedi bod yn rhyfeddu at frechdanau Huw am fod cymaint ohonyn nhw. Roedd ei flwch tua maint bocs esgidiau mawr a'r brechdanau'n gorlifo dros ochrau'r bocs ar ôl cael eu gwthio i mewn iddo gan fam Huw y bore hwnnw.

"Beth sydd ynddyn nhw?" holodd Ann, gan sylwi ar hylif gwyrdd yn diferu o gornel y frechdan oedd gan Huw yn ei law.

"Jeli sydd yn hon," atebodd Huw yn ddigyffro, "ond iogwrt sydd yn y rhain, ac afal sydd yn y rhain fan hyn," a symudodd ei fys i

47

bwyntio at gorneli gwahanol y blwch brechdanau anferth.

Teimlai Ann yn sâl wrth edrych ar ginio Huw, ond ddywedodd hi'r un gair rhag ofn iddi frifo'i deimladau. Penderfynodd hi newid y pwnc er mwyn ceisio anghofio am ginio Huw.

"Mae Mr Penstiff wedi gofyn i mi rasio ar gefn Pwdlyd yn y Dwligampau," meddai Ann, gan gymryd llwnc o'i sudd.

"Gwych!" ebychodd Huw, a darn o'r jeli gwyrdd yn hongian o'i wefusau.

"Roeddwn i'n siŵr taw ti fyddai Mr Penstiff yn ei dewis! O, Ann, mae hynny'n wych!" Roedd Talwla'n gyffrous iawn am y peth.

"Ond beth am Maelon?" ychwanegodd Ann yn boenus.

"Wfft iddo fe!" meddai Huw a llond ei geg o frechdan iogwrt. "Dyw e ddim yn gallu gwneud dim i ti, ac mae'n rhaid i rywun rasio yn ei erbyn!"

"Pwy arall sydd yn y ras?" holodd Talwla yn gyffro i gyd.

"Rhywun o'r enw Nerys Nerfus," atebodd Ann. "Dydw i ddim yn ei nabod hi."

"Nerys Nerfus?" Saethodd y geiriau o geg

48

Talwla. "Ha! Ha! Ha! Byddi di'n iawn, Ann. Mae honno'n ofni ei chysgod." Roedd Talwla'n rholio chwerthin erbyn hyn. Roedd darlun bywiog a doniol iawn ganddi yn ei phen o Nerys Nerfus yn gwingo a chrynu mewn ofn ar gefn estrys mewn ras.

Syllai Huw ac Ann ar Talwla wrth iddi barhau i chwerthin.

"O, dewch! Mae'n rhaid i chi gyfaddef, mae'r peth yn chwerthinllyd – Nerys Nerfus ar gefn estrys! Druan â'r estrys, mae'n rhaid ei fod yn teimlo fel petai'n cario lwmpyn mawr o jeli ar ei gefn!"

Dechreuodd y tri chwerthin wrth ddychmygu estrys ffwndrus yn camu o un droed i'r llall wrth geisio cydbwyso'r llwyth sigledig ar ei gefn.

Ar hynny, daeth Miss Trwbwl i mewn i'r ffreutur, a'r tu ôl iddi roedd Maelon Creulon a'i ffrindiau. Edrychodd Miss Trwbwl â'i llygaid craff o amgylch y ffreutur prysur. Daeth ei llygaid i orffwys ar Ann, Talwla a Huw. Dechreuodd Miss Trwbwl gerdded tuag atynt gyda Maelon, Dewi a Dec yn trotian y tu ôl iddi. Daethant i aros wrth ben bwrdd Ann a'i ffrindiau.

"Ann Ifrifol, rydw i wedi derbyn cwyn," meddai Miss Trwbwl yn finiog.

Edrychodd Ann ar Maelon; roedd e'n amlwg wrth ei fodd.

"Cwyn am beth?" holodd Ann yn ofnus.

"Amdanat ti!" ebychodd Miss Trwbwl. "Mae'n debyg wnesss ti ddweud rhywbeth casss ofnadwy wrth Maelon yn dy wersss siarad cudd yr wythnos ddiwethaf."

Dechreuodd gwaed Ann ferwi. "Do, fe wnes i, ond dim ond ar ôl iddo …"

"Dyna ddigon!" torrodd Miss Trwbwl ar ei thraws yn chwim. Yn amlwg doedd hi ddim eisiau'r gwir, roedd hi â'i bryd ar gosbi Ann.

Aeth yn ei blaen. "Rwy'n ymwybodol bod Maelon wedi dweud rhywbeth amdanat ti hefyd, ond mae'n debyg taw Mr Sssenoj oedd wedi gofyn iddo am frawddeg a doedd e ddim wedi golygu dweud unrhyw beth casss; wedi drysssu ei eiriau oedd Maelon. Fe wnesss ti ddweud rhywbeth casss yn fwriadol!"

Ni allai Ann gredu'r hyn oedd hi'n ei glywed. Nid damwain oedd yr hyn a ddywedodd Maelon o gwbl, ond doedd Miss Trwbwl ddim yn fodlon gwrando.

"Rydw i eisiau i ti ddod i fy nosbarth bob dydd ar ôl ysssgol am bythefnos i dderbyn dy gosssb."

"Ond dyna pryd dwi'n ymarfer fy marchogaeth ar gyfer y Dwligampau!" ymbiliodd Ann.

"Cawsss caled!" ebychodd Miss Trwbwl, gan wenu'n slei, cyn troi'n chwim a cherdded at ddrws y ffreutur. Dilynodd Maelon a'i giang hi

gan edrych yn ôl i wenu'n bles ar Ann.

"Fedra i ddim credu hyn!" cwynodd Ann.

"Fedra i," ychwanegodd Huw, gan syllu ar Ann. "Dwyt ti ddim yn deall … Miss Trwbwl yw Meistres Llys Drygionus, llys Maelon!"

Edrychodd Ann a Talwla ar Huw am fwy o esboniad.

"Ti yw'r unig un all guro Maelon yn y ras estrysiaid, ac wrth roi'r gosb yma i ti, mae hi wedi gwneud yn siŵr na fyddi ddim yn gallu ymarfer. Bydd Maelon yn siŵr o ennill."

"Ydy'r ras mor bwysig â hynny, te?" gofynnodd Ann.

"Y llys sy'n ennill y ras estrysiaid yw'r llys sy'n ennill y gwpan aur. Mae Maelon a Llys Drygionus yn ei hennill bob blwyddyn," meddai Talwla'n gyffrous.

"A hefyd," ychwanegodd Huw, "mae pawb o'r llysoedd sy'n colli'r ras yn gorfod tynnu eu sgidiau a nofio ar draws y Pwll Pwp!"

"Y *beth*?!" ebychodd Ann.

"Y Pwll Pwp," meddai Huw eto. "Y pwll mawr yn y cae tu cefn i'r ysgol lle maen nhw'n taflu baw ac ysgarthion yr estrysiaid!"

"YCH-A-FI!" poerodd Ann. "Mae hynny'n

afiach!"

"Ydy glei," atebodd Talwla, "ond mae'n draddodiad ac mae'n rhaid ei wneud e!"

Edrychodd Huw a Talwla ar Ann yn ddwys; yn amlwg, roedden nhw'n dibynnu arni hi i ennill y ras estrysiaid, a'u hachub rhag nofio ar draws y Pwll Pwp!

Syllodd Ann ar ei bwyd, a gwthiodd ei chreision yn ôl i'r bocs heb eu hagor.

"Beth sy'n bod, Ann? Rwyt ti'n edrych yn drist," meddai Talwla.

"Rwy'n ofnus," meddai Ann; "mae pawb yn dibynnu arna i, ond sut yn y byd fedra i ennill y ras? Yn enwedig gan fod Miss Trwbwl yn cefnogi Maelon ac yn benderfynol o'm rhwystro."

"Paid â becso. Wnawn ni dy helpu … dim problem!" ychwanegodd Huw yn hyderus wrth i'r tri bacio eu blychau brechdanau a mynd allan o'r ffreutur.

Hen Elyn a Ffrind Newydd

Petai Ann wedi gwybod am gosbau erchyll Miss Trwbwl, ni fuasai hi 'rioed wedi mentro dweud bod wyneb Maelon yn debyg i ben-ôl mwnci. Ystyriodd Ann fynd at y prifathro i gwyno, ond yn ôl Talwla a Huw roedd hynny'n amhosib – roedd e'n ddyn cyfrinachol a swil iawn, a doedd neb erioed wedi gweld Mr Maldod. A dweud y gwir, doedd neb yn hollol siŵr a oedd e wir yn bodoli! Felly derbyniodd Ann y sefyllfa.

Pob diwrnod ar ôl yr ysgol, roedd Ann yn mynd i ddosbarth Miss Trwbwl i dderbyn ei chosb. I ddechrau, pethau bach oedden nhw, fel brwsio'r llawr neu dacluso'r silffoedd; ond erbyn yr ail wythnos, roedd y cosbau wedi troi'n llawer mwy creulon.

Ar y dydd Llun, roedd yn rhaid i Ann rwbio traed Miss Trwbwl am eu bod yn boenus ar ôl iddi wisgo sgidiau newydd trwy'r dydd. Roedd traed Miss Trwbwl yn hir iawn, iawn ac yn denau fel dwy grafanc. Roedd eu rhwbio fel rhoi *massage* i seiloffon cnotiog! Gwnâi i Ann deimlo awydd chwydu.

Ar y dydd Mawrth, daeth Miss Trwbwl â'i chi, Grwgnach, i'r ysgol er mwyn i Ann roi bàth iddo yn y sinc yng nghefn y dosbarth.

"Cofia olchi ei ben-ôl e hefyd, Ann!" gorchmynnodd Miss Trwbwl wrth i Ann orffen rhwbio'r siampŵ i'w gôt ddrewllyd. Pỳg oedd Grwgnach, ac roedd ei wyneb mor hyll â'i ben-ôl! Golchodd Ann y ci hyll o'i glustiau i'w bawennau cyn ei rwbio â thywel a sychu'r diferion olaf â pheiriant sychu gwallt. Roedd Grwgnach bellach yn ddigon glân i'w arddangos mewn sioe!

Wedi iddi orffen, ac ar ôl i Miss Trwbwl astudio Grwgnach yn fanwl, fanwl, cafodd Ann fynd adref.

Wrth iddi gerdded i lawr llwybr yr ysgol, dyna lle roedd Maelon, Dewi a Dec yn aros amdani.

"Wedi mwynhau dy gosb heddiw?" gofynnodd Maelon yn gas.

"Mae'n debyg bod golchi penolau cŵn yn dy siwtio di'n iawn!" ychwanegodd Dec yn wawdlyd.

Cododd tymer Ann a throdd atynt. "Efallai'n wir –" meddai, "ond roedd pen-ôl Grwgnach yn arogli'n well na chi'ch tri!" Cerddodd Ann yn ei blaen, gan adael y tri yn sefyll yno'n fud.

Yn y cyfamser, roedd Ann wedi bod yn ymarfer marchogaeth pob amser egwyl a phob amser cinio. Roedd Huw a Talwla wedi cymryd eu tro i wneud esgusodion er mwyn gadael eu gwersi'n gynnar i fynd i roi ffrwyn a chyfrwy Pwdlyd amdano yn barod ar gyfer Ann.

Bu Huw yn amseru Ann a Pwdlyd yn rasio o amgylch y trac. Eu hamser gorau oedd tri munud ac ugain eiliad.

"Mae'n well na ddoe, ond dyw e ddim yn

ddigon da. Dim ond tri munud gymerodd Maelon y llynedd," ochneidiodd Huw yn siomedig.

Roedd y tri'n sefyll yn ddigalon ar ymyl y trac, gan ystyried rhoi'r ffidl yn y to, pan ddaeth dyn dieithr o'r stablau y tu ôl iddynt.

"Os wyt ti'n golygu ennill y ras yma, Ann Ifrifol, mae'n rhaid i ti blygu 'mlaen fwy yn y cyfrwy a pheidio â thynnu cymaint ar yr awenau."

Doedd yr un ohonyn nhw'n gwybod pwy oedd y dyn rhyfedd. Roedd e'n eitha tal, a chanddo wallt coch blêr fel pync a llygaid mawr glas a charedig.

"Ond wnawn ni byth guro Maelon!" meddai Ann wrtho, heb feddwl gofyn pwy oedd y dyn.

"Gwranda, gad i mi ddweud rhywbeth wrthot ti." Edrychai wyneb y dyn dieithr braidd yn drist. "Pan oedd Pwdlyd yn gyw bach, fe fu'n dost ofnadwy. Bu ond y dim i mi alw'r milfeddyg i ddod yma i'w ddodi i gysgu – ond fe ddaeth e'n well, bron dros nos. Byth ers hynny, rwy bob amser wedi teimlo fod rhyw ryfeddod yn perthyn i Pwdlyd. Mae e'n aderyn cryf, ac mae'n hoff iawn ohonot ti, Ann.

Gyda'ch gilydd, fe allech chi wneud unrhyw beth."

Daeth deigryn i lygaid Ann wrth feddwl am Pwdlyd yn gyw bach sâl, ar fin marw.

"Felly! Cefn syth! Plyga 'mlaen a phaid â

thynnu ar yr awenau, yn enwedig wrth i ti gyrraedd hanner ffordd!" taranodd y dyn dieithr yn gadarn. "Nawr rhowch gynnig arall arni!"

"Tri! Dau! Un!" ebychodd Huw, a chiciodd Ann Pwdlyd yn ysgafn ar ei ystlys.

Neidiodd Pwdlyd ymlaen fel mellten, a'i gorff yn torri trwy'r gwynt fel cwch ar y môr. Plygodd Ann ymlaen a chydio yn y cyfrwy yn fwy na'r awenau. Medrai Ann deimlo'r gwahaniaeth. Fel hyn, roedd Pwdlyd yn rhydd, yn rhydd i redeg fel y mynnai … i redeg fel y gwynt.

"Stop!" gwaeddodd Talwla wrth i ben bach Pwdlyd gyrraedd y llinell derfyn.

"Wel?" holodd Ann yn ofidus.

"Tri munud!" atebodd Huw.

"Ie … a sawl eiliad?" holodd Talwla.

"Dim," atebodd Huw yn syn.

Edrychodd y tri ar ei gilydd gan wenu.

"Diolch …!" edrychodd Ann o'i hamgylch i ddiolch i'r dyn dieithr, ond roedd e wedi diflannu.

"Dyna ryfedd," meddai Huw wrth iddo helpu Ann i lawr oddi ar gefn Pwdlyd.

Ac edrychodd y tri o'u hamgylch yn syn wrth iddyn nhw arwain Pwdlyd yn ôl i'r stablau.

Y Dwligampau

Roedd cosb Ann wedi dod i ben a diwrnod y Dwligampau wedi cyrraedd o'r diwedd. Roedd Miss Trwbwl yn amlwg yn fodlon iawn gyda'i hymdrechion i ddifetha cyfleoedd Ann i ymarfer ar gyfer y ras estrysiaid. Clywodd Ann hi'n brolio wrth Mr Penstiff wrth i'r llysoedd fynd i'w llefydd ar y cae chwaraeon.

"Mae'n edrych yn debyg taw Llysss Drygionusss fydd yn ennill eleni eto … yn enwedig wrth feddwl bod gyda ni Maelon Creulon yn cyssstadlu yn y rasss olaf. Byddwn yn siŵr o gipio'r gwpan eto." Oedodd hi'n falch cyn ychwanegu'n wawdlyd, "Ydych chi'n edrych ymlaen at drochi yn y Pwll Pwp eleni eto, Mr Penssstiff?" Chwarddodd Miss Trwbwl yn greulon, a'i thrwyn hir, crwca yn crychu fel gelen mewn dŵr hallt.

"Peidiwch chi â bod mor siŵr, Miss Trwbwl," atebodd Mr Penstiff. "Efallai mai eich tro chi fydd hi i drochi eleni!" ychwanegodd cyn cerdded i ffwrdd.

Rhewodd wyneb Miss Trwbwl ac aeth ei llygaid yn gul wrth iddi sylwi ar Ann yn pasio.

Roedd yn gwbl amlwg nad oedd Miss Trwbwl yn bwriadu nofio yn y Pwll Pwp o gwbl.

Roedd y cystadlu'n frwd trwy'r dydd, ac roedd Ann wrth ei bodd yn gwylio'r cyfan. Safai Mr Hwyl ar y llwyfan yn arwain y cystadlaethau, ond sylwodd Ann bod y meicroffon yn rhy dal iddo, felly roedd yn rhaid iddo sefyll ar focs pren a gweiddi at y meicroffon!

Roedd y Dwligampau'n debyg i Eisteddfod, meddyliai Ann, ond yn lle'r canu, actio, dawnsio a llefaru roedd 'na gystadlaethau rhyfedd iawn. Dyna i chi'r gystadleuaeth hecial, er enghraifft, lle roedd rhaid i un ymgeisydd o bob llys hecial i lawr meicroffon ar lwyfan y Dwligampau. Roedd Talwla'n cystadlu yn y gystadleuaeth honno. Synnodd Ann o weld Talwla'n hecial; o ferch mor dwt a phrydferth, roedd ei hecial yn anferthol ac yn hyll ofnadwy! Sami Slej o Lys Rhialtwch enillodd, gyda'r gyfres o hecliadau hiraf yn hanes y Dwligampau!

Yna, daeth y gystadleuaeth gwgu. Roedd Huw yn cystadlu yn y gystadleuaeth hon. Eisteddodd Talwla ac Ann ar y gwair o flaen y llwyfan i wylio Huw a'r ddau o'r llysoedd eraill yn gwgu nerth eu hwynebau. Roedd e'n ddoniol

61

tu hwnt i weld wyneb Huw yn crychu a phlygu, a'i dafod yn troelli fel tafod buwch yn cnoi cil! Roedd rhaid i Talwla fynd i'r tŷ bach am ei bod hi'n chwerthin cymaint!

Roedd Huw'n siomedig pan enillodd Dec Cnec y gystadleuaeth am ei fod wedi llwyddo i gnecu a gwgu'r un pryd!

"Nid cystadleuaeth cnecu oedd hi!" cwynodd Huw wrth iddo ddod o'r llwyfan. "Mae e mor annheg!" ychwanegodd yn bwdlyd.

Wrth iddyn nhw aros am y ras estrysiaid, gwyliodd y tri ohonynt y cystadlaethau eraill. Y cwis cwympo, er enghraifft, lle roedd plentyn a atebai gwestiwn yn anghywir yn cwympo trwy dwll oedd yn agor oddi tanynt yn y llwyfan, yn syth i mewn i bentwr anferth o hen sanau drewllyd!

Yn hwyrach yn y dydd, cafwyd y gystadleuaeth siarad cudd, y gystadleuaeth gweiddi a'r gystadleuaeth synau twp. Roedd y Dwligampau'n brofiad anhygoel!

Roedd y tri wrth eu bodd, a bu bron iddynt anghofio'n llwyr am y ras estrysiaid. Doedd Ann ddim yn nerfus – roedd hi'n rhy brysur yn mwynhau gwylio'r cystadlu.

"Wel …" ochneidiodd Talwla, "fyddai'n well i ni fynd i baratoi ar gyfer y ras?"

Edrychodd Ann arni'n ofidus.

"Paid â becso, Ann," ychwanegodd Talwla, "jyst gwna'r pethau ddywedodd y dyn dieithr 'na wrthot ti am eu gwneud."

"Sgwn i pwy oedd e?" holodd Huw wrth i'r tri godi a chasglu'u bagiau.

"Ffrind, siŵr!" meddai Ann.

"Sut wyt ti'n gwybod hynny?" gofynnodd Talwla'n syn.

"Wn i ddim, mae teimlad 'da fi, dyna i gyd," atebodd Ann gyda golwg bell yn ei llygaid.

Wrth iddyn nhw gyrraedd y buarth roedd Pwdlyd yn aros yn amyneddgar yn ei stabl. Roedd Maelon a Nerys eisoes yn eistedd ar eu hestrysiaid nhw.

"Mae hi'n edrych yn bryderus IAWN!" sibrydodd Ann wrth edrych ar Nerys Nerfus yn crynu ar gefn ei hestrys.

"Ydy, 'sdim gobaith gyda Llys Rhialtwch yn

y ras yma!"

Ar hynny, clywsant Mr Hwyl ar y meicroffon yn cyhoeddi:

"Dyma'r sgôr hyd yn hyn … Yn drydydd, Llys Rhialtwch gyda mil o bwyntiau …" Ebychodd y dorf ar ochr Llys Rhialtwch o'r cae. "Yn ail, Llys Boncyrs, gyda mil dau gant o bwyntiau …" ebychodd y dorf ar ochr Llys Boncyrs o'r cae y tro yma. "Ac yn gyntaf, gyda mil, dau gant a phum deg o bwyntiau … Llys Drygioni!"

Dros y meicroffon daeth sŵn Llys Drygioni yn gweiddi, bloeddio a chlapio'n fyddarol. Edrychodd Maelon ar Ann a gwên lydan ar ei wyneb.

Aeth Mr Hwyl yn ei flaen, "Ond fe all unrhyw beth ddigwydd nawr, gyda mil o bwyntiau i'w hennill yn y gystadleuaeth olaf … Y Ras Estrysiaid!"

Bloeddiodd y dorf unwaith eto wrth i Ann ddringo ar gefn Pwdlyd. Wrth iddi hi, Nerys a Maelon gychwyn ar eu ffordd allan i'r cae, clywodd Ann ei henw'n cael ei lafarganu gan Lys Boncyrs. Roedd hi'n dechrau teimlo'n nerfus nawr!

Aeth y tri ohonynt at y llinell gychwyn ac aros

i'r dorf ymdawelu. O'i blaen, gwelai Ann y trac yn ymestyn fel heol werdd, ddi-ben-draw. Plygodd ymlaen at ben Pwdlyd a sibrwd yn ei glust, "Dwi'n gwbod mod i'n gofyn llawer, a dwi ddim eisiau i ti wneud niwed i ti dy hun, ond mae'n bwysig ein bod yn gwneud ein gorau glas. Mae pawb yn dibynnu arnon ni. Cofia beth ddywedodd y dyn dieithr – gyda'n gilydd, fedri di a fi wneud unrhyw beth."

Eisteddodd Ann yn ôl yn y cyfrwy ac edrych o'i hamgylch. Roedd y dorf wedi ymdawelu, a phawb yn aros am yr arwydd i ddechrau. Sythodd Ann ei chefn cyn plygu ymlaen. Llaciodd ei gafael yn yr awenau a chydio yn y cyfrwy. Edrychodd yn syth o'i blaen – er y gallai deimlo Maelon yn syllu arni wrth ei hymyl.

"Pob lwc, Ann Obeithiol! Mae'n mynd i fod yn ddiwrnod Ann Ffodus i ti heddiw!" meddai Maelon gan chwerthin yn gas.

Anwybyddodd Ann ef a chanolbwyntio ar y trac o'i blaen.

"Ar eich marciau!" Clywson nhw lais cyffrous Mr Hwyl dros y meicroffon. "Barod?" Oedodd Mr Hwyl am hanner eiliad … "Ewch!"

Y Ras

Daeth sŵn dryll yn tanio dros y meicroffon, a saethodd yr estrysiaid ymlaen fel petaen nhw'n fwledi'n ffrwydro o'r gwn. Roedd llygaid Ann yn dechrau dyfrhau a'r gwynt yn eu brathu wrth i Pwdlyd dorri trwy'r awyr fel mellten. Llwyddodd i sychu'r diferion o ddŵr â'i llewys a chanolbwyntio ar y trac. O gornel ei llygaid, gallai weld bod Maelon rhyw fetr o'i blaen, ond doedd dim golwg o Nerys yn unman.

Plygodd Ann ymlaen yn y cyfrwy a sicrhau bod yr awenau'n llac, a chadwodd ei chefn yn syth y tu ôl i wddf Pwdlyd. Ymhen eiliadau, roedd hi'n dechrau tynnu o flaen Maelon a gwelai ei wyneb coch hyll yn gwgu wrth iddo sylweddoli ei bod hi'n dechrau mynd ar y blaen.

Wrth iddynt gyrraedd hanner ffordd, neidiodd siâp chwim o'r dorf i dorri ar draws llwybr Pwdlyd. Gwyrodd yr aderyn anferth yn sydyn i'r dde er mwyn osgoi'r peth rhyfedd, a thynnodd Maelon a'i estrys o'u blaen gan ddechrau sbrintio i'r pellter.

Rhedodd y siâp rhyfedd yn ôl i'r dorf, a sylwodd Ann taw Grwgnach, ci pŷg hyll Miss Trwbwl, oedd y drwgweithredwr. Gwyddai Ann hefyd taw tric bwriadol gan Miss Trwbwl i rwystro Pwdlyd oedd defnyddio Grwgnach i'w ddychryn.

Roedd Pwdlyd wedi adennill ei gam erbyn hyn ac yn rhedeg nerth ei draed i lawr y trac. Roedd Maelon ymhell o'u blaenau a'r llinell derfyn o fewn golwg. Cododd tymer Ann; teimlai'n ddig tuag at Miss Trwbwl a Maelon a'u triciau

creulon, teimlai'n bryderus rhag iddi hi siomi pawb yn Llys Boncyrs, a theimlai'n benderfynol nad oedd hi a'i ffrindiau am nofio yn y Pwll Pwp!

Cydiodd Ann yn dynn yn y cyfrwy, tynnodd ei chefn yn syth fel styllen, llaciodd ei gafael ar yr awenau a phlygodd mor bell ymlaen yn y cyfrwy nes bod ei chorff bron yn un â chorff Pwdlyd. Wrth iddi wneud hyn, teimlodd hi Pwdlyd yn cyflymu. Teimlai rythm ei gam yn newid, ei gorff mawr cryf yn ymestyn fel band 'lastig anferthol, a'i draed yn taranu'n hawdd ar hyd y llawr. Gwyddai Ann nad oedd estrysiaid yn gallu hedfan, ond y funud honno teimlai'n union fel petai Pwdlyd yn gwibio trwy'r awyr mor chwim â gwennol.

Canolbwyntiodd Ann ar gydbwyso ar gefn yr aderyn mawr. Roedd y linell derfyn tua chan metr i ffwrdd, a Maelon a'i estrys drwch pluen o'u blaenau. Yn y cefndir, clywai Ann y dorf yn sgrechian yn wyllt, clywai ei henw hi ac enw Pwdlyd yn atseinio trwy'r awyr yn ddi-baid, a gwelai'r linell derfyn yn nesáu atynt yn gyflym.

Roedd pennau bach y ddau estrys yn tynnu ymlaen ar y cyd, a gwyddai Ann fod angen un ymdrech olaf gan Pwdlyd er mwyn ennill.

69

Estynnodd ei llaw i waelod ei wddf a'i anwesu, syllodd hi i'r dde at Maelon a gweld bod ei wên hyll wedi diflannu, yna gwaeddodd hi'n gadarn, "Nawr, Pwdlyd!"

Ar hynny, tynnodd Pwdlyd ei adenydd yn dynn i'w ochr ac ymestyn ei ben a'i wddf ymlaen yn benderfynol. Llithrodd y creadur anhygoel trwy'r awyr a chymryd y blaen wrth iddynt gyrraedd y llinell a'i chroesi hanner eiliad cyn estrys Maelon.

Tynnodd Ann yn dyner ar yr awenau ac arafodd Pwdlyd. Trodd Ann yr aderyn i

wynebu'r dorf y tu ôl iddynt. Gwelodd hi aelodau o Lys Boncyrs yn neidio a sgrechian yn boncyrs, a gwyddai eu bod wedi ennill. Roedd y llysoedd eraill yn fud ac yn llonydd wrth i Mr Hwyl gerdded at y meicroffon.

"Ac mae'n bleser gen i gyhoeddi-di-hw-ha!" ebychodd, "taw enillwyr y ras estrysiaid yw Pwdlyd ac Ann Ifrifol!" Cododd gwaedd anferthol o Lys Boncyrs a chwarddodd Mr Hwyl nerth ei ben! Wedi i bawb ymdawelu rhywfaint, aeth yn ei flaen. "Rwy'n siŵr ei bod yn amlwg felly, ha! ha! Taw enillwyr y Dwligampau eleni yw ... ho! ho! ... Llys Boncyrs!" Ac unwaith eto, aeth Llys Boncyrs yn hollol boncyrs gan weiddi, neidio, dawnsio a chwtsio'i gilydd yn wyllt.

Disgynnodd Ann oddi ar gefn Pwdlyd a'i wynebu. "Diolch, Pwdlyd!" meddai hi wrtho'n dyner, a deigryn yn ei llygaid cyn cwtshio'n dynn am ei wddf.

Y Pwll Pwp

Roedd plant Llys Drygionus a Llys Rhialtwch yn benisel iawn. Safon nhw i gyd yn eu lleoedd yn aros i Ann ddringo i'r llwyfan i dderbyn y gwpan aur. Gwaeddai Llys Boncyrs enw Ann drosodd a throsodd wrth iddi gerdded tuag at y llwyfan.

"Hyfryd-i-dw-da!" ebychodd Mr Hwyl wrth ysgwyd llaw Ann. "Llongyfarchiadau! Rwyt ti'n farchog ardderchog! Ha! Ha!" Chwarddodd Mr Hwyl gan godi'i freichiau'n gyffrous.

"Nawr te!" cyhoeddodd ef ar y meicroffon. "Yma i gyflwyno'r gwpan aur i'r enillydd, mae gyda ni rywun pwysig ofnadwy-di-dw-da!" Roedd Mr Hwyl yn amlwg wrth ei fodd. "Rhowch groeso mawr i brifathro Ysgol Lol … Mr Maldod!"

Ymdawelodd y dorf yn sydyn, ac o gefn y llwyfan cerddodd y dyn dieithr gyda'r gwallt coch fel pync a'r llygaid glas hyfryd a oedd wedi helpu Ann.

"Y dyn dieithr!" ebychodd Huw a Talwla yng nghanol y dorf.

Edrychodd Ann yn syn ar Mr Maldod wrth iddo gerdded tuag ati gyda'r gwpan aur yn ei law.

"Da iawn ti! Roeddwn i'n gwybod y byddet ti'n llwyddo!" meddai Mr Maldod gan wenu.

"Diolch," mwmiodd Ann gan syllu arno.

Trodd Mr Maldod at y meicroffon i siarad â'r

dorf. "Ddisgyblion Ysgol Lol, mae'r haf wedi dod i ben, ac rwy'n siŵr eich bod wedi cael amser ardderchog yma yn ystod y chwech wythnos diwethaf. Yn wir, mae heddiw wedi bod yn ddiweddglo pen-i-gamp i'r tymor."

Cymeradwyodd y dorf ac edrychodd Mr Maldod ar Ann. "Dyma'n harwres newydd ni, ond nid Ann Ifrifol fydd ei henw hi o hyn ymlaen – rwy'n credu y byddwch chi i gyd yn cytuno bod Ann Hygoel yn enw llawer gwell arni hi erbyn hyn!"

Ar hynny, aeth torf Llys Boncyrs yn wallgof unwaith eto gan daflu hetiau a siwmperi i'r awyr yn eu cyffro.

"Dim ond un peth sydd ar ôl cyn cloi'r Dwligampau am flwyddyn arall. A wnaiff disgyblion ac athrawon Llys Rhialtwch a Llys Drygioni baratoi ar gyfer eu gwobr hwythau … nofio ar draws y Pwll Pwp!"

Cododd gwaedd enfawr o Lys Boncyrs ac ochenaid enfawr o'r llysoedd eraill wrth iddyn nhw ddechrau tynnu eu sgidiau a'u sanau.

"A chithau hefyd, Miss Trwbwl!" gwaeddodd Mr Maldod i lawr y meicroffon.

Trodd bawb i edrych y tu ôl i'r dorf, lle'r

oedd Miss Trwbwl a Grwgnach yn ei breichiau yn trio sleifio i ffwrdd i fuarth yr estrysiaid. Chwarddodd Ann wrth iddi sylwi ar Miss Trwbwl yn mwmial o dan ei hanadl a thynnu ei sgidiau enfawr i ffwrdd.

"I'r Pwll Pwp!" gwaeddodd Mr Maldod, a dechreuodd pawb gerdded tuag at gae y Pwll Pwp.

Pan gyrhaeddodd Ann at ymyl y pwll, roedd llawer o blant ac athrawon eisoes wedi dechrau nofio ar ei draws. Roedd eu hwynebau i gyd wedi crychu a daeth sŵn eu cwyno a'u hochneidio yn uchel ar draws y llyn mawr drewllyd.

"Dere i mi gael ei gweld hi!" meddai Huw gan gipio'r gwpan aur o ddwylo Ann. Astudiodd y gwpan am rai eiliadau.

"Wyt ti wedi darllen yr arysgrifen?" holodd Huw.

"Dw i ddim wedi cael cyfle eto. Beth mae e'n ddweud?" gofynnodd Ann gyda diddordeb.

Pasiodd Huw y gwpan yn ôl iddi. "Edrycha!"

Crwydrodd llygaid Ann dros y gwpan. Roedd rhestr hir o ddyddiau ac enwau arni'n mynd 'nôl tua chan mlynedd. Daliodd rhywbeth ei llygad tua chanol y rhestr. Syllodd Ann a

Talwla wrth i Huw ddarllen yr arysgrifiad.

"Un naw saith pedwar. Meirion Maldod – Llys Boncyrs."

"Dyna'r tro olaf i Lys Boncyrs ennill y Dwligampau!" ebychodd Talwla.

"Ie! Ond edrycha ar yr enw!" dywedodd Huw yn ddiamynedd.

"Meirion Maldod?" darllenodd Talwla.

Y funud nesaf gwawriodd ar y ddwy pwy oedd Meirion Maldod.

"Mr Maldod, y prifathro!" ebychon nhw, gan edrych ar ei gilydd a gwenu.

Trodd y tri yn dawel i edrych ar y Pwll Pwp. Yr eiliad honno roedd Miss Trwbwl a Maelon ar fin camu i mewn iddo.

"'Mewn â chi!" gorchmynnodd Mr Maldod o'r ochr, a throdd Miss Trwbwl yn grac i wynebu'r baw a'r llaca.

Chwarddodd Ann, Huw a Talwla nerth eu pennau wrth iddyn nhw wylio Miss Trwbwl yn dyrnu a churo'i ffordd trwy'r baw estrysiaid.

"Edrych! Mae caglau estrys yn eu gwalltiau!" meddai Talwla gan binsio'i thrwyn â'i bysedd.

Roedd golwg druenus iawn ar wynebau Miss Trwbwl a Maelon Creulon pan ddaethon nhw

allan o'r pwll. Syllodd y tri mewn syndod a phleser wrth i Grwgnach y pỳg gerdded draw at Maelon, oedd wrthi'n ceisio tynnu'r budreddi o'i wallt, a chodi'i goes i wneud pi-pi ar ei droed.

"YYYYYYYYYCH!" ebychodd Ann, Huw a Talwla, cyn chwerthin yn iach unwaith eto.

"Pawb yn edrych ymlaen at ddechrau 'nôl yn eu hysgolion go iawn yr wythnos nesaf?" Torrodd llais Mr Maldod ar draws eu chwerthin ac fe newidiodd eu hwynebau'n sydyn.

"Peidiwch â bod yn drist," ychwanegodd Mr Maldod wrth weld eu hwynebau hirion. "Mae mwy i ddysgu na hecial, gwgu a rasio estrysiaid, cofiwch ..." a gwenodd yn gynnes arnynt cyn troi i ffwrdd.

Edrychodd y tri ffrind ar ei gilydd yn siomedig.

"O! Un peth arall" gwaeddodd Mr Maldod dros ei ysgwydd. "Rwy'n gobeithio'n fawr y dowch chi'ch tri yn ôl yr haf nesaf ... a bydd mwy o hwyl a gwersi gwirion ar y gweill!"

Edrychodd y tri ar ei gilydd unwaith eto, pob un yn gwenu o glust i glust, cyn cerdded tuag at y buarth i ffarwelio â Pwdlyd.

"Beth ddigwyddodd i Nerys Nerfus?" holodd

Ann. "Doedd dim sôn amdani yn y ras!"

"Ha-ha!" chwarddodd Talwla. "Cafodd hi a'i hestrys gymaint o fraw pan saethodd y dryll, fe aethon nhw i'r cyfeiriad anghywir!"

"Ond ble yn y byd mae hi nawr?" gofynnodd Ann.

"Wel, fe aeth ei hestrys hi fel bollt! Synnwn i ddim petai'r estrys wedi'i chario hi yr holl ffordd yn ôl i Affrica erbyn hyn!"

A chwarddodd y tri eto, cyn diflannu i gysgodion yr hen fuarth tawel.